Título

Escrava por uma Semana
Série Completa

De

Erika Sanders

Serie

Dominação e Submissão Erótica

Sinopse

Erika aceita ser escrava de Sandra por uma semana...

Escrava por uma Semana é um romance com forte conteúdo erótico BDSM e, por sua vez, um novo romance pertencente à coleção **Dominação e Submissão Erótica**, uma série de romances com alto conteúdo romântico e erótico BDSM.

(Todos os personagens têm 18 anos ou mais)

Erika Sanders é uma escritora conhecida internacionalmente, traduzida em mais de vinte idiomas, que assina seus escritos mais eróticos, longe de sua prosa habitual, com seu nome de solteira.

Índice

ESCRAVA POR UMA SEMANA
SÉRIE COMPLETA
DE
ERIKA SANDERS

PRIMEIRA PARTE

"Você entende", disse Sandra para mim, "que uma vez que você entra em minha casa, o que eu digo vale. Obediência completa e total."

"Hum, sim," eu disse um pouco apreensiva.

"Não hum, sim," ela disse com firmeza, "Sim Senhora."

"Sim senhora," eu disse com um pouco mais de convicção.

"Muito melhor." Ela abriu a porta e a afastou para que eu entrasse. Passei por ela, rebocando a caixa contendo as coisas que trouxe comigo e parei no corredor. Sandra fechou a porta e passou por mim. Examinei sua postura segura. Ela era alta, quase 6 pés de altura. Eu tenho apenas 5'2" e me senti diminuída por ela. Ela tinha uma forma adorável bunda , belos quadris curvilíneos e seios grandes em forma de C. Eu estava apaixonado.

Nós nos conhecemos em um pub e depois de conversar a noite toda, ela me perguntou se eu tinha a mente aberta. Eu disse que sim e então ela me perguntou se eu me considerava mais dominante ou submissa.

Eu tive que pensar sobre isso. Eu sei o que quero, mas também fico feliz quando alguém está disposto a assumir o comando e me dizer o que fazer. Eu disse a ela que eu era submissa.

Fiquei chocado quando ela me perguntou se eu gostaria de ser seu escravo.

"O que você quer dizer?" Eu perguntei a ela.

"Quero dizer que você venha para minha casa e fique comigo e faça tudo o que eu pedir de você.

"Sexualmente?"

"Tudo." Eu tive que pensar. Conversamos sobre outras coisas, dançamos, bebemos e perto do final da noite, nos beijamos. Foi um beijo maravilhoso, poderoso e cheio de luxúria. Coloquei minha mão em seu seio e ela a afastou e me olhou nos olhos.

"Isto é para o meu escravo", disse ela.

"Então eu quero ser seu escravo."

E agora aqui estávamos nós, uma semana depois. Tínhamos concordado com um teste de uma semana .

"Você ainda não ganhou o direito de usar roupas Erika, tire todas." Eu hesitei e ela se aproximou de mim. "Não me chateie desde o início, Erika, ou a punição será executada. Tire-os."

"Sim senhora," eu disse. Tirei meus sapatos e tirei minhas meias também. Desabotoei minha calça jeans e deslizei pelas minhas pernas enquanto Sandra ficou me observando. Então eu puxei minha camiseta sobre minha cabeça para que eu estivesse lá de cueca. Minha calcinha foi a seguir e, finalmente, meu sutiã. Dobrei cuidadosamente cada peça de roupa e coloquei na minha bolsa.

Sandra estava examinando meu corpo nu. Eu me senti como um pedaço de carne parado ali. Ela olhou para meus seios minúsculos e, em seguida, estendeu um dedo e passou-o em meu mamilo ereto.

"Você tem seios tão lindos, Erika", ela me disse.

"Obrigado senhora ."

"Puxe seus mamilos para mim, puxe-os com força para que eu possa ver até onde você pode pegá-los e até onde eles se destacam depois."

Olhei para os meus mamilos e peguei um em cada mão. Eu os puxei com força, até doer, meus seios esticados em cones saindo do meu corpo. Quando soltei, os mamilos ficaram orgulhosos e excitados eretos.

"Muito bem Erika."

"Obrigado senhora ." Seus olhos continuaram a me examinar. Ela olhou para minha boceta, com seu cabelo bem aparado e disse: "Isso simplesmente não vai funcionar. Vou assistir TV Erika e, enquanto assisto, é isso que você fará por mim. Você irá ao meu banheiro e pegará uma pinça da gaveta de cima da penteadeira. Depois, pegará uma toalha e virá para a sala. Enquanto eu assisto à TV, você colocará a toalha na mesinha de centro e depois se sentará nela e arranquem seus púbis até que não reste nenhum."

"Sim senhora," eu respondi. "Devo guardar minhas coisas primeiro, senhora?"

"Vire-se", foi sua resposta. Eu me afastei dela e antes que eu pudesse continuar me virando para encará-la, senti um tapa na minha bunda .

"Eu não pedi para você pensar ou oferecer sugestões Erika."

"Desculpe senhora." Dirigi-me ao banheiro enquanto Sandra se afastava de mim. Isso foi mais intenso do que eu esperava, percebi e me perguntei quanto tempo levaria até que eu desistisse e desistisse. Encontrei a pinça e voltei para a sala onde Sandra estava sentada em frente à TV. Estendi a toalha sobre a mesinha de centro para poder ver a TV e depois abri as pernas para me inspecionar.

"Não, você não fica de frente para a TV Erika, você fica de frente para mim para que eu possa ver você arrancar cada pelinho da sua boceta." Suspirei

interiormente e me girei para que minha
boceta ficasse exposta a Sandra e
comecei o longo e árduo processo de
remover os pelos dela, um de cada vez.

Eu estava nisso há cerca de meia hora
quando comecei a sentir vontade de
fazer xixi. Eu não disse nada a princípio
e quando Sandra saiu da sala para ir
fazer algo, fui ao banheiro sem pensar.
Voltei para ver Sandra de pé e
esperando por mim.

"Onde diabos você estava?" ela me
perguntou.

"Para o banheiro Senhora, eu precisava
fazer xixi", eu disse, assustado.

"Não me lembro de ter dado permissão
para fazer isso, não é?" ela perguntou.

"Não, senhora, sinto muito, senhora", respondi.

"Desculpe não é suficiente, escrava. Vá para a mesa de centro de joelhos." Fiz o que me foi dito, ajoelhado como um cachorro na mesa. "Abra mais as pernas", disse ela. Eu afastei meus joelhos até que eles estivessem nas bordas da mesa. Eu podia sentir o ar fresco da sala em meu ânus e buceta expostos.

Zas! Senti o tapa pungente da mão de Sandra na minha nádega . Zas! E no outro também.

"Você sabe para que serve isso?" me perguntaram.

"Por não pedir permissão Senhora", respondi humildemente

"Isso mesmo. E quando você for punido, você vai agradecer a sua Senhora porque ela está ajudando você a ser um escravo adequado. Você entendeu?"

"Sim senhora," eu respondi. Zas! Sua mão deu um tapa nos lábios da minha boceta e eu mordi meu lábio ao invés de gritar. O instinto estava me dizendo que isso só traria mais problemas.

"Obrigado , senhora ", eu disse. Ela deu um tapa na minha buceta de novo, depois mais três vezes e depois na minha bunda mais um pouco. A cada vez eu agradecia a ela por dar um tapa nela.

"Ok, agora continue, eu não gosto de cabelo na minha propriedade", ela me disse. Sentei-me na toalha, minha bunda vermelha da surra. Olhei para os lábios da minha boceta. Eles estavam vermelhos de serem atingidos. Mas também fiquei surpreso ao notar que havia uma pequena gota de umidade entre meus lábios. Havia algo na maneira como eu estava sendo tratado que estava começando a me excitar.

Eventualmente eu consegui arrancar o último cabelo da minha boceta. Recebi ordens para me deitar, abrir as pernas e puxar os joelhos em minha direção para ficar totalmente exposto. Sandra se aproximou e se ajoelhou entre eles. Ela inspecionou minha boceta de perto, mas não a tocou. Eu estava com tanto tesão! Tê-la tão perto, perto o suficiente que se ela lambesse os lábios provavelmente tocaria minha boceta, mas não tocar mesmo assim estava me deixando louco. Eu queria que ela me lambesse. Desesperadamente. Achei que não seria capaz de perguntar.

Depois de alguns minutos disso, Sandra me lambeu com uma boa e longa lambida da base da minha fenda até o topo. Mas foi isso. Eu podia sentir meus sucos prontos para escorrer da minha boceta e quando me permitiram sentar, eu me toquei, meu dedo deslizando levemente entre meus lábios.

"Posso ver que você realmente não entende essa Erika", disse Sandra para mim quando me viu fazer isso. "Você não faz NADA, sem minha permissão. Não vai ao banheiro e não se masturba. Vem cá, acho que preciso reforçar a lição."

Eu pensei que estava prestes a ser espancado novamente. E apesar do fato de ter doído um pouco, eu me vi ansioso por isso. Mas Sandra me levou a uma cadeira de madeira. Tinha um encosto de ripas de madeira e um assento de madeira maciça. Havia uma pequena depressão em forma de bunda moldada no assento e eu sentei lá conforme fui instruído.

"Dê-me suas mãos", disse Sandra atrás de mim. Coloquei-os atrás de mim e eles foram agarrados e rapidamente amarrados à cadeira. Sandra deu a volta na minha frente e amarrou meus tornozelos na cadeira também. Então ela empurrou a cadeira (comigo nela é claro) para onde eu estaria sentado e olhando para ela. Então Sandra foi até a cozinha e voltou com um copo grande de água.

"Beba isso, Erika", ela me disse. Ela colocou o copo nos meus lábios e eu bebi cerca de metade sem respirar. Então ela levantou e derramou na minha boca. Eu não estava esperando por isso e havia mais do que eu poderia suportar. Transbordou pelos meus lábios e desceu pelo meu pescoço e seios até o assento. Eu estava sentado em uma poça muito rasa. Eu podia sentir a água fria no meu ânus e nos lábios da minha boceta. No entanto, havia pouco que eu pudesse fazer para movê-lo.

Sandra me deixou sozinha e eu fui abandonada para sentar e vê-la assistir TV. Toda vez que passava um comercial, ela enchia o copo e me fazia beber. Isso durou duas horas.

Novamente senti vontade de fazer xixi. Eu estava ficando desesperado. Eu havia perdido a conta de quanta água havia bebido, mas minha bexiga estava prestes a explodir! Eu me contorci no meu assento, mas nenhuma posição ajudou.

"Você precisa fazer xixi escravo?" Sandra me perguntou quando me viu fazendo isso.

"Sim, senhora." Eu respondi, aliviada por ir ao banheiro.

"Então você tem minha permissão para fazer xixi", ela respondeu.

"Hum, você pode me desamarrar para que eu possa fazer xixi, senhora?" Perguntei.

"Você não precisa ser escrava desamarrada, só fazer xixi", disse Sandra.

"Aqui?" Eu perguntei, confuso.

Sandra se aproximou e pegou meu mamilo esquerdo entre o polegar e o indicador. Ela puxou com força. "Preste atenção. Pee", disse ela, dando- lhe outra tragada. Eu tentei relaxar. Não foi fácil. Sandra estava bem na minha frente. Eu não estava acostumada a ter alguém me observando fazer isso. Eu também não estava acostumada a ser amarrada.

Eu podia sentir isso chegando, aquela corrida inicial, o fluxo em direção aos meus lábios da minha bexiga.

"Não desperdice meu tempo, escrava, xixi", disse Sandra para mim. E então eu senti isso. Meu xixi estourou entre meus lábios como uma enchente quebrando um dique. Ele esguichou na cadeira e depois saiu pela beirada, misturando-se com a água que se acumulou ao meu redor.

Sandra se ajoelhou na minha frente e enquanto eu assistia com espanto, inclinou-se para frente de modo que o fluxo do meu xixi espirrou em sua blusa.

" Oh boa menina", ela disse para mim e eu me senti feliz por ser elogiada.

Observei meu xixi encharcar a blusa de Sandra até não sobrar mais nada para fazer xixi. Ela estendeu a mão e passou o dedo pelo xixi que se formou em torno da minha bunda e boceta, em seguida, levantou-o para o meu mamilo, limpando-o. Foi um toque molhado e elétrico que enviou uma emoção pelo meu corpo. Então ela se levantou e me deixou lá. Eu não sabia o que fazer. Fiquei apenas sentado em uma poça rasa de minha própria urina.

Sandra voltou. Ela estava carregando o copo de água novamente. Ela me fez beber. Então ela agarrou meu cabelo e puxou meu rosto para frente de seu peito.

"Chupe minha escrava teta", ela me disse. Ela enfiou o seio na minha cara e eu abri minha boca e chupei seu seio, vestido como estava em sua blusa que estava encharcada com meu xixi.

"Sabe, estou começando a gostar de você, escrava. Se você for muito boa, posso até deixar você me fazer gozar mais tarde." Ela tirou a blusa e depois o sutiã. Eu quase literalmente babei quando vi seus seios. Eles foram incríveis. Ela largou as roupas na poça de mijo e água e então apenas sentou e assistiu à TV, deixando-me ainda sentado em uma poça que esfriava rapidamente que eu podia sentir em meus lábios nus e no pequeno ânus franzido.

Devo ter ficado sentado ali por mais meia hora, imaginando se ficaria aqui a noite toda.

"Hora de eu ir para a cama", Sandra anunciou para mim, de pé diante de mim com seus seios maravilhosamente grandes expostos, me provocando. "Vou te desamarrar agora Erika e quero que siga minhas instruções. Vou me preparar para dormir. Enquanto faço isso, você vai limpar essa bagunça. Então você vai entrar no meu quarto e me lamber até Eu gozo. Você entendeu?

"Sim senhora," eu respondi. Sandra se moveu atrás de mim e me desamarrou. Esfreguei os pulsos enquanto Sandra se afastava e depois comecei a limpar a bagunça no chão, na cadeira e na blusa de Sandra. Ouvi o chuveiro e considerei brevemente que seria uma ótima oportunidade para me dar prazer, mas fui cauteloso. Conhecendo minha sorte, seria pego e punido novamente. E quem sabe o que Sandra inventaria a seguir.

Entrei no quarto a tempo de vê-la sair do banheiro, nua. Ela era tão sexy. Sandra deitou na cama e abriu as pernas. "Coma-me escravo", ela disse para mim.

Eu me arrastei entre suas pernas, olhando para sua boceta sedosa e sem pelos. Seus lábios já estavam inchados, obviamente prontos para algum amor, seu clitóris ereto e espreitando entre seus lábios. Eu usei meus dedos para abrir seus lábios e, em seguida, corri minha língua através de sua fenda, empurrando para dentro e depois para cima e sobre seu clitóris.

"Ah, sim." Ela murmurou antes de me encorajar e exigir que eu continuasse. Minha língua trabalhou mais e mais e mais sobre sua boceta, dentro e fora e para frente e para trás. Eu podia sentir meus próprios sucos escorrendo por entre meus lábios, eu estava tão excitada. Eu queria tanto um pouco de atenção , mas me concentrei em dar prazer à minha amante. Ela tinha um gosto maravilhoso.

Eu ouvi sua respiração encurtar, vindo em ofegos e suspiros e então minha cabeça foi presa entre suas coxas quando ela gozou, jorrando um jorro de líquido no meu rosto! Lambi e sorvi e Sandra gritou, convulsionando de prazer.

"Boa menina Erika", disse ela quando parou e fiquei surpreso com o quanto fiquei feliz em receber tal elogio. Sandra olhou para a mancha úmida se espalhando em seu lençol e sorriu.

"Acho que vou precisar de um escravo limpo." Ela me disse onde encontrá-lo e fui buscar um para ela. Depois de colocá-lo na cama (Sandra me observando o tempo todo) perguntei o que ela gostaria que eu fizesse com o molhado.

" Oh, você pode dormir naquele docinho. Ao pé da minha cama", fui informado. Sandra me fez deitar ao pé de sua cama e amarrou um tornozelo na cabeceira da cama para que eu não pudesse me afastar muito dela. Ela me disse para abrir as pernas para que ela pudesse dar outra olhada na minha boceta. Ela passou um dedo pela minha fenda e minhas costas arquearam, tentando manter o contato pelo maior tempo possível. Seu dedo foi enfiado dentro de mim e eu gritei e o prazer que finalmente consegui sentir depois de um dia de privação. Ele foi retirado e eu assisti enquanto Sandra o sugava até limpá-lo.

"Boa noite, escravo." Ela pulou na cama. "E caso você esteja se perguntando, se precisar fazer xixi, faça-o lá, a menos que eu o desamarre pela manhã." E com isso não ouvi mais nada dela.

Levei um bom tempo para dormir, mas finalmente consegui.

Quando acordei, encontrei Sandra em pé sobre mim, nua. Era a vista mais bonita de suas longas pernas longas , passando por sua careca, até a curva da parte inferior de seus seios, sua cabeça inclinada para frente de modo que eu estava olhando para o rosto. Eu me espreguicei e descobri que já havia sido desamarrado.

"Estas são para você", ela disse para mim e colocou uma calcinha de algodão azul em mim, sorrindo.

" Oh, obrigada, senhora." Eu disse, genuinamente satisfeita. Ela me observou colocá-los e então me fez ficar de pé diante dela.

"Senhora, posso usar o banheiro?" Eu perguntei a ela um pouco nervosa.

"Não. Ajoelhe-se", ela me disse. Ajoelhei-me diante dela. "Quando estiver pronta para ir, faça xixi na calcinha, escrava.

Quero ver você molhá-la." Ela se sentou de pernas cruzadas diante de mim e esperou. Não demorou muito até que eu não consegui segurar, tendo acabado de acordar. Eu senti aquele formigamento e pressa e então a calcinha estava ficando molhada, meu mijo encharcando o tecido e depois escorrendo pela minha perna. Eu os separei um pouco e caiu no lençol em que eu havia dormido.

"Gosto de ver você fazer xixi, escrava", disse Sandra. "Agora você pode me assistir." Ela ficou diante de mim e se inclinou ligeiramente para trás, separando os lábios com os dedos. Eu mal tinha registrado o que ela estava fazendo quando um fluxo agudo de mijo quente saiu dela como uma mola, me atingindo no peito, correndo sobre meus mamilos e barriga e descendo para minha boceta. Senti seu xixi quente em meus lábios carecas.

" Ah você está ficando uma escrava maravilhosa, você nem vacilou", Sandra me disse, sorrindo. Ela estendeu as mãos e eu coloquei as minhas nas dela. Ela me levantou e me puxou contra ela, meu corpo molhado com seu mijo pressionado contra o dela. Meu rosto estava apenas um pouco acima do nível de seus mamilos e me senti esmagado contra seus seios incríveis. Eu queria tanto chupar seu grande mamilo.

"Venha tomar banho comigo Erika", disse Sandra. Entramos no banheiro e logo eu estava na alcova com ela, principalmente ainda usando a calcinha. Sandra me fez lavá-la completamente, prestando atenção em seu ânus e insistindo para que eu deslizasse meu dedo dentro de seu buraco apertado. Então ela pegou o sabonete de mim e começou a lavar meu corpo.

Eu nunca desejei o toque de uma mulher como senti quando ela começou a passar

as mãos sobre meus seios minúsculos.
Ela sacudiu e beliscou e provocou meus
mamilos e eu gemi com cada toque.

Sandra moveu o jato d'água de forma
que não me atingiu e então sua mão
desceu por dentro da calcinha,
ensaboando minhas nádegas. Senti seu
dedo empurrando meu ânus e empurrei
para trás, sentindo-o deslizar um pouco
para dentro.

"Isso deve estar te matando Erika,
aposto que tudo que você quer agora é
gozar."

"Ah, sim, senhora." Eu consegui dizer
com um tremor na minha voz. Eu a vi
pegar uma navalha e girá-la na mão. Ela
começou a espalhar sabão por toda a
alça e eu senti a calcinha puxada pelas
minhas pernas. Ela me virou de frente
para a parede e me fez colocar minhas
mãos diante de mim, abrindo minhas

pernas. Então a ponta do cabo da navalha estava sendo empurrada para dentro do meu ânus. Eu gemi e foi empurrado com mais força.

Sandra não parou até que toda a mão estivesse bem no fundo da minha bunda , apenas a ponta alargada onde a navalha normalmente seria montada, impedindo-a de deslizá-la ainda mais. Ela torceu dentro de mim, a curva do cabo girando na minha bunda. Foi quase o suficiente para me levar ao orgasmo. Quase, mas não totalmente.

Então foi retirado, minha bunda foi lavada e a calcinha puxada de volta para a posição. Mais uma vez, minha boceta foi abandonada. Saímos do banho e Sandra se secou. Não me deram uma toalha.

Sandra então me conduziu até o quarto, dizendo que tinha algumas coisas para resolver. Enquanto eu estava deitado em sua cama e amarrado, ela me disse que tinha uma boa ideia de como eu estava com tesão e não confiava em mim para não ter um orgasmo enquanto ela estava fora. Então eu estava amarrado com espaço para me mover, mas não o suficiente para alcançar qualquer um dos nós ou minha boceta. O melhor que consegui foi colocar uma mão no meu mamilo.

Então eu estava sozinho.

Foi horas depois que fui acordado pelo som de vozes entrando no quarto.

SEGUNDA PARTE

A campainha tocou.

"Vá ver quem está na porta Erika", ouvi Sandra gritar. Fui até a porta, apreensivo. Afinal, eu não podia usar nada além de uma calcinha em casa, então quem quer que estivesse lá estava prestes a ver meus seios pequenos e mamilos eretos.

Tentativamente, espiei pelo olho mágico para ver um homem parado ali.

Era difícil dizer como ele realmente era através daquela visão distorcida, mas ele estava vestido de terno.

"Ótimo, pensei, estou prestes a dar a algum vendedor a maior emoção do ano!" Abri a porta e a escancarei o suficiente para poder espiar ao redor.

"Sim?" Perguntei.

"A Sandra está?" ele me perguntou, seus olhos se movendo do meu rosto para baixo em direção ao meu pescoço e clavícula. Ele lambeu os lábios. Acho que ele sabia que eu não estava vestida adequadamente atrás da porta.

"Quem posso dizer que está ligando?"

"Dan."

"Espere aqui um momento, por favor", eu disse a ele e fechei a porta. Fui procurar Sandra e a encontrei saindo do banheiro.

"Há um Dan aqui para ver você , Sandra",
informei a ela.

"Oh, que adorável", exclamou ela. "Por
favor, vá e deixe-o entrar, então traga-o
para a sala."

Voltei para a porta e a abri, desta vez
larga o suficiente para que Dan pudesse
entrar. Senti seus olhos percorrerem
meu corpo de cima a baixo e me senti
reagindo à avaliação franca. Nada foi
dito, mas Dan entrou no foyer para que
eu pudesse fechar a porta.

"Siga-me, por favor", eu disse a ele e saí
em direção ao salão. Um olhar por cima
do meu ombro garantiu que ele estava
seguindo, e também me disse que seus
olhos estavam naquele momento,
colados na minha bunda vestida de
calcinha.

Conduzo Dan até a sala onde Sandra estava sentada no sofá. Ela se levantou quando Dan chegou e deu um passo para abraçá-lo.

"Ei, Dan, é tão bom ver você!" ela disse.

" Da mesma forma Sandra. Eu estava na cidade a negócios e tive que passar por aqui."

"Gostaria de uma bebida?"

"Scotch?" Dan perguntou.

"Claro. Erika, por favor, pegue um uísque para Dan. Com gelo, sim?" ela disse, confirmando com Dan. Ele assentiu e eu fui até o armário de bebidas do outro lado da mesa de centro de onde ele e Sandra estavam sentados no sofá. "E

pegue um para mim também",
acrescentou ela.

Inclinei-me, mantendo meus joelhos
retos enquanto pegava a garrafa do
armário, certo de manter minha boceta
vestida de calcinha reta para Sandra
como me disseram para pegar as coisas
de baixo para baixo. Sandra gostava das
minhas pernas e não era de me deixar
desperdiçar uma oportunidade para ela
admirá-las.

Passei uma bebida para Dan e depois dei
a dela para Sandra antes que ela
dissesse: "Obrigada Erika, você pode se
sentar nessa almofada." Ela indicou uma
almofada no canto da sala e eu me
sentei, de pernas cruzadas, consciente
do fato de que Dan permitia que seu
olhar passasse pelos meus seios de vez
em quando enquanto eles conversavam.

Eles estavam conversando por cerca de meia hora e eu havia reabastecido suas bebidas algumas vezes quando Sandra disse a Dan depois que ele me deu outro olhar: "Você gostou do meu novo brinquedo, então?"

"Muito, ela é extremamente fofa, Sandra, você se saiu muito bem."

"Sim, ela aprendeu muito rápido também", disse Sandra e senti um calor caloroso com o elogio.

"Há algo sobre esses seios pequenos que continua chamando minha atenção", disse Dan. "Não consigo identificar exatamente o que é, porque geralmente gosto mais de garotas bonitas e rechonchudas como você, mas há algo nela..."

"Eu sei o que você quer dizer",
respondeu Sandra, "eu era a mesma no
começo. Agora eu tomo como certo.
Afinal, ela ainda responde a um bom
puxão de mamilo."

"Você se importa se eu tentar?"

"Claro que não. Erika, venha aqui, por
favor." Levantei-me e caminhei até onde
os dois estavam sentados. "Ajoelhe-se
aqui." Ajoelhei-me diante deles. Dan
estendeu a mão e passou a mão em meu
peito antes de pegar meu mamilo
esquerdo entre o polegar e o indicador.
Ele puxou e torceu e eu senti uma dor
aguda no meu peito. Eu gemi, incapaz de
me ajudar.

Sandra estendeu a mão e puxou meu
mamilo direito ao mesmo tempo e eu
gemi de novo.

"São mamilos adoráveis, não são?" ela disse a Dan que concordou com ela. Os dois continuaram a brincar com meus mamilos por um tempo e então, de repente (pelo menos me pareceu) pararam e retomaram a conversa. Simplesmente ajoelhei-me ali, não tendo recebido nenhuma instrução para fazer qualquer outra coisa.

Então me pediram para buscar mais bebidas e fiz isso. Depois de entregá-los, hesitei, sem saber para onde deveria voltar, ajoelhado diante deles ou no canto. Sandra deve ter notado e me instruiu a me ajoelhar diante deles novamente.

"Mas tira essa calcinha, quero que o Dan veja sua boceta depilada..." ela completou quando eu estava a meio caminho do chão. Levantei-me novamente e puxei minha calcinha pelas minhas pernas, revelando meu monte liso e careca. Dan se sentou e me admirou, seu olhar fixo na minha boceta.

"Bem, ela certamente tem uma linda buceta, você disse que é depenada?" Dan disse, uma mão ajustando a virilha de suas calças.

"Sim, você sabe como eu não gosto de cabelo e barba por fazer é desagradável, então eu a fiz sentar lá e se depilar, um cabelo de cada vez. Foi muito divertido e acho que a buceta dela fica muito melhor por isso .

"Eu aposto que é bom e apertado."

"Ainda não sei , não permiti que ela fizesse nada com sua boceta e nem eu desde que ela chegou aqui. Ela tem que ganhar o direito de ser fodida adequadamente nesta casa." embora," Sandra acrescentou, pegando minha calcinha descartada e mostrando a Dan a trilha molhada na virilha.

O fato de eles falarem de mim como se eu não estivesse ali estava começando a me excitar. O fato de ser tratado como um objeto a princípio me desmoralizou, mas agora me dizia: "Este é o seu papel e você é apreciado. Aproveite e divirta-se com ele." Isso obviamente estava excitando Dan também, porque ele tinha uma ereção óbvia em suas calças.

"Por que Dan, há algo que você precisa de ajuda?" Sandra perguntou enquanto ele se preparava para se ajustar. Ela estendeu a mão e acariciou seu pênis através de suas calças.

"Eu gostaria de alguma ajuda."

"É melhor você se levantar então", ela disse a ele. Dan se levantou e Sandra me disse para abrir a calça dele e tirar o pau dele, mas não tocá-lo. Abri seu cinto e depois o botão e a braguilha de sua calça jeans, que deslizou para o chão. Ele tinha pernas incríveis e devia ser ciclista porque não tinha pelos. Seu pênis empurrado contra sua boxer, que eu tirei, com cuidado para manobrá-la sem prender ou tocar seu pênis. Era longo e grosso e muito impressionante. Eu queria estender a mão e segurá -lo, mas sabia que isso significaria mais problemas do que eu poderia imaginar.

Dan se recostou no sofá e Sandra se inclinou e começou a lamber toda a extensão do pênis de Dan. Observei sua língua dançar suavemente ao longo das veias e se enrolar em volta da cabeça. Dan gemeu.

"Você pode brincar com os peitos dela, Dan , e pode tocar em seu monte, mas não toque ou penetre em seus lábios", Sandra disse a ele antes de colocar seu pênis bem em sua boca. Ela deslizou suavemente para cima e para baixo em seu comprimento.

Dan estendeu a mão e me puxou para mais perto dele pelo mamilo direito. Os dedos de sua outra mão dançaram sobre a pele lisa do meu monte, perigosamente perto de meus lábios, mas nunca os tocando. Então ele puxou meus mamilos novamente. Duro. Doeu, ele puxou com tanta força que eu tinha certeza que ele os estava machucando, mas não gritei, apenas fiquei ali e aguentei a dor, focando em Sandra com um pau entrando e saindo de sua boca.

Ela parou e tirou a blusa pela cabeça antes de liberar o sutiã, seus seios enormes se derramando deliciosamente livres. Ela agarrou o pau de Dan e o posicionou entre os seios, usando as mãos para prendê-lo entre as mamas . Então ela driblou saliva de sua boca sobre o topo de seu pênis e começou a deslizar seus seios para cima e para baixo em seu pênis, de cada lado dele.

Dan parou de me prestar atenção e observou Sandra foder seu pau com os peitos. Então ela começou a subir pelo corpo dele com a língua até que ela estava deitada sobre ele com os seios esmagados contra o peito dele e as pernas abertas de cada lado dele. Dan puxou a saia dela até que ela estivesse enrolada na cintura. Então ele agarrou a meia-calça dela e a rasgou. Sandra não usava calcinha por baixo da meia.

Sandra se inclinou para frente e Dan agarrou seu pênis, apontando-o para sua boceta. Ela empurrou de volta para baixo e deslizou ao longo de seu poste, incorporando-o dentro dela. Fiquei ao lado deles enquanto Sandra cavalgava para cima e para baixo em seu pau duro, esperando e imaginando o que eu faria. Sandra deve ter lido minha mente.

"Venha aqui", ela disse para mim e assim que eu estava perto o suficiente, ela pegou um mamilo em sua boca, chupando-o avidamente enquanto saltava para cima e para baixo. Então Dan estava empurrando Sandra para trás até que eles trocassem de posição e ele estava segurando-se sobre ela, enfiando seu pênis nela em uma posição missionária, suas bolas batendo contra ela com cada impulso interno.

Eu o ouvi grunhir e o vi se segurar, obviamente jogando seu esperma dentro dela, antes de puxar seu pênis para fora.

"Obrigado Sandra, foi maravilhoso como sempre", disse ele a ela.

"Limpe-o Erika, use sua boca", disse Sandra, olhando para mim. Ajoelhei- me e Dan sentou-se com as pernas abertas no sofá, seu pau não totalmente gasto, brilhando com seus sucos combinados. Eu usei minha boca, chupando e lambendo seu pau, limpando-o de seu prazer. Ao fazê-lo, ele voltou a ficar totalmente ereto e eu me deleitei em ter um pau tão grande para chupar.

"Pare Erika, ele está limpo. Você precisa me limpar agora. E desta vez você não para até eu gozar." A Sandra me contou. Eu me movi entre suas pernas e ela deslizou para frente até que sua bunda estava pendurada na borda, as pernas abertas para mim.

Admirei sua boceta e apliquei minha língua suavemente em seus lábios, lambendo e limpando. Então eu vi o sêmen escorrer por entre seus lábios e descer em direção ao seu ânus. Eu o persegui com minha língua, tendo que lamber tudo ao redor e sobre seu buraco enrugado, a fim de cumprir as exigências da tarefa que me foi dada. Sandra gemeu alto quando minha língua dançou sobre seu ânus.

Sondei entre seus lábios, lambendo, chupando, limpando o sêmen dela e então subi em direção ao seu clitóris. Eu corri minha língua pela parte superior e depois desci novamente antes de circulá-la ao redor e ao redor. Eu podia ver Dan acariciando seu pau com o canto do meu olho enquanto ele me observava atuar em minha amante.

Estabeleci um ritmo e fui recompensado quando ouvi Sandra gritar e seu corpo ter espasmos com seu orgasmo.

Quando ela se recuperou, ela me disse que eu poderia voltar para o canto agora. Eu estava perfeitamente ciente de quão molhada minha boceta estava quando fiz meu caminho de volta pela sala. Dan e Sandra sentaram-se e conversaram um pouco mais, nenhum dos dois achando que valia a pena se preocupar em restaurar suas roupas.

"Ela certamente é um brinquedo jovem e encantador", disse Dan a certa altura. "Alguma chance de eu gozar na boca dela?"

"Eu tenho outra ideia. Ela tem sido muito boa e merece uma recompensa. Não tão boa assim, veja bem," Sandra acrescentou quando viu seus olhos brilharem. "Venha comigo, Erika", disse ela. Segui Sandra até o quarto, onde ela esperava com um pedaço de corda. Ela me fez segurar meus braços ao meu lado e amarrou a corda em volta de mim na altura do cotovelo para que eu pudesse mover meus braços inferiores, mas não meus braços. Era longo o suficiente para que ela pudesse enrolá-lo em volta do meu peito, prendendo meus braços completamente imóveis, deixando comprimento suficiente para que ela pudesse me guiar por ele.

E ela o fez, voltando para a sala onde Dan estava esperando, vários outros pedaços de cordão pendurados em seu outro braço.

"Agora isso parece promissor", disse Dan enquanto nos observava nos aproximar.

"Ajoelhe-se, Erika", Sandra me disse. Ajoelhei- me e senti Sandra passar outro pedaço de cordão na parte de trás das minhas pernas. "Agora sente-se sobre os calcanhares e incline-se para a frente para colocar a cabeça no chão, de modo que os joelhos fiquem encostados no peito." Eu fiz. O pedaço de cordão que agora estava preso atrás dos meus joelhos pelas minhas pernas dobradas foi puxado para a parte de trás do meu pescoço e depois amarrado na frente dele. Sandra me ajusta um pouco.

No final, eu tinha meus antebraços e pernas no chão, dobrados para que eu não pudesse me mover, minha bunda apontada para trás. Não era confortável e eu esperava que isso significasse apenas que Sandra ia deixar Dan me foder e me dar algum alívio.

Eu tive quase essa sorte.

"Estou guardando isso para mim", ouvi Sandra dizer atrás de mim enquanto um dedo corria muito lentamente pelo lábio externo da minha boceta esquerda. Estremeci com o toque. "Mas acho que está na hora desse brinquedo ser usado um pouco . Afinal, brinquedos são para brincar, não para deixar na prateleira em sua embalagem. E então vou deixar você transar com ela, Dan, bem aqui."

Senti seu dedo descansar levemente bem no centro do meu ânus.

"Agora há um presente que ficarei feliz em aceitar", respondeu Dan.

"Apenas deixe-me prepará-la para você", disse Sandra. Ela saiu da sala e voltou. A primeira coisa que senti foi sua língua lambendo levemente meu ânus. Foi selvagem. Eu queria responder, mas estava muito apertado para fazê-lo. Então eu senti algo legal correr pela minha bunda.

Sandra começou a esfregá-lo em meu ânus. Deve ser lubrificante, pensei comigo mesmo. Ela empurrou meu ânus sem penetrar, passando o dedo ou o polegar para frente e para trás na entrada um pouco até o ponto em que ela espetou o dedo dentro de mim. Engoli em seco quando ela o deslizou firmemente pela resistência do anel do meu músculo.

Ela deslizou para dentro e para fora algumas vezes antes de aplicar mais lubrificante e empurrar um segundo dedo com o primeiro. Eu suspirei.

"Ok Dan, você acha que consegue?" ela perguntou, rindo.

" Oh, tenho certeza de que posso", respondeu ele. Senti a cabeça de seu grande pênis descansando contra meu ânus. A pressão aumentou lentamente até que pude senti-lo relaxando dentro de mim. Mordi o lábio para abafar qualquer ruído que eu pudesse fazer enquanto lentamente, mas com firmeza, ele trabalhava dentro de mim. Eu não podia acreditar o quão grande parecia. Eu queria um tempo para me ajustar, para me preparar para o que estava por vir, mas não era permitido. Ele empurrou para dentro implacavelmente e eu não tive escolha a não ser deixá-lo. E então ele parou. Ele segurou seu pau tão dentro de mim que pensei que ele devia estar pronto para cutucar minhas amígdalas. E então ele recuou. Foi fantástico.

Ele empurrou novamente; deslizando de volta para dentro e senti Sandra pingando lubrificante em nós enquanto nos fundíamos novamente. Escorria por seu pau e meu ânus para minha boceta e eu ansiava por tocá-la. Dan começou a foder minha bunda agora e conforme eu me adaptava , eu realmente gostei, balançando levemente para encorajar sua invasão na minha bunda.

Eu queria que meu clitóris fosse tocado. Eu estava pegando fogo. Eu sabia que bastaria um leve toque para me fazer gozar como nunca antes, mas não havia nada que eu pudesse fazer para conseguir. E então Dan veio, inundando minha bunda com sua semente.

"Muito obrigado Sandra," ele ofereceu antes de ir para o banheiro.

""Deixe-me limpar você, Erika", disse Sandra em sua ausência. Senti sua língua lamber a fenda da minha boceta até meu ânus, onde ela lambeu e chupou até que não restasse mais esperma.

"Bem, Sandra, eu tenho que ir", disse Dan, voltando do banheiro. "Obrigado por uma visita tão agradável."

"A qualquer hora, Dan, que bom que você passou por aqui", ela respondeu. Ela o acompanhou até a porta. Ela me rolou para o lado, ainda amarrado e então se sentou para assistir TV.

Deitei no chão, apenas conseguindo ver a TV, de costas para Sandra. Eu não conseguia virar minha cabeça o suficiente para realmente vê -la. Era inevitável que isso acontecesse e, apesar de minha esperança, eu precisava fazer xixi.

"Por favor, senhora, eu preciso ir ao banheiro." Eu disse, não esperando ser permitido, mas tendo que pedir por precaução.

"Bem, estou assistindo TV e não tenho tempo para desamarrá-lo, então você pode esperar até o final do show ou simplesmente se aliviar. Tentei me segurar, mas sem sucesso, eventualmente, antes do final do show, não tive escolha a não ser deixar meu xixi ir.

Quando terminei estava deitada no chão com a minha urina e fiquei surpresa quando senti que a Sandra se aproximava de mim . Senti sua mão acariciar meu quadril e deslizar para baixo sobre minha nádega para tocar minha boceta encharcada de xixi com os dedos. Ela correu para frente e para trás ao longo da minha fenda e logo a umidade que me revestia mudou. Um dedo sondou meu ânus e trabalhou lentamente por dentro e então, para minha total surpresa, um deslizou para dentro da minha boceta.

Eu gemi, foi o primeiro contato direto que ela fez com minha boceta e de repente percebi o quanto eu o desejava. Então Sandra foi afrouxando as cordas que me prendiam.

"Venha comigo, é hora de nos divertirmos um pouco mais." Descartando a última das cordas, levantei-me lentamente do chão, massageando meu corpo onde elas estavam presas. Eu estava naquela posição por mais ou menos uma hora e tropecei um pouco no meu primeiro passo. Sandra me levou até o banheiro e ligou o chuveiro.

Sandra passou a mão para cima e para baixo na lateral do meu corpo que estava na minha urina. Sua mão molhada segurou meu seio e então ela abaixou a cabeça até meu mamilo e o chupou. Então ela abriu a porta de tela para a alcova do chuveiro e entrou, acenando para que eu a seguisse.

"Ajoelhe-se lá, Erika", disse ela, indicando o chão à sua frente. Ajoelhei-me no chão, meu rosto nivelado com sua boceta, olhos voltados para cima, maravilhado com a parte inferior de seus seios pendentes. A água batia nas costas de Sandra e eu só conseguia pegar um riacho ocasional enquanto ela se movia.

Sandra levou as mãos à boceta e abriu os lábios diante de mim, depois se inclinou um pouco para trás. Um pouco da água agora caía em cascata sobre seus ombros em minha direção, enquanto um pouco descia entre seus seios até sua boceta. Enquanto eu observava, meus olhos examinando sua beleza e guardando a visão, ela começou a fazer xixi. Uma corrente de mijo quente saiu de sua boceta e me atingiu no pescoço. Sandra se inclinou para frente novamente, observando enquanto ela mijava em todos os meus seios.

"Abra a boca Erika, beba minha urina." Sentei-me olhando para ela, sem me mover. "Erika, isso não foi um pedido, foi uma ordem. Beba minha urina." O fluxo havia parado agora, Sandra obviamente se segurando para um sinal de minha vontade de atender ao seu pedido. Ela estendeu a mão e agarrou meu cabelo, inclinando minha cabeça para trás e passando por cima de mim para que sua boceta ficasse a apenas um centímetro da minha boca.

"Não torne isso difícil, brinquedo. Obviamente você não está pronto para o prazer que eu ia permitir que você tivesse." Senti seu xixi atingir meus lábios e os mantive pressionados enquanto fluía sobre eles e descia pelo meu pescoço e peito. Quando ela terminou, ela se afastou de mim e saiu do chuveiro. Ela estendeu a mão e desligou a água.

Não me mexi porque podia sentir que o clima havia mudado. Sandra se secou lentamente e saiu do quarto. Quando ela voltou, ela tinha os pedaços de corda da sala. Eles estavam visivelmente úmidos. Sandra pegou uma e enrolou no meu pescoço antes de me dizer para segui-la. Não estava apertado e também notei que não era um nó corrediço, parecia simplesmente definir o relacionamento entre nós novamente. Mestre e servo.

De volta ao quarto, Sandra me disse para ficar na posição de cachorrinho. Fiz o que me foi dito e ela foi para o armário. Depois de vasculhar lá dentro por um tempo, ela voltou com um enorme vibrador preto e um tubo de lubrificante. Ela rapidamente começou a lubrificar meu ânus com vários dedos agora empurrados para dentro de mim. Então ela se moveu na minha frente e pingou lubrificante no enorme pedaço de borracha que ela estava segurando, bem na frente dos meus olhos. Eu não tinha ideia de como deveria caber na minha bunda.

Logo descobri, embora devagar, mas com firmeza, ela o empurrou contra o meu buraco enrugado. Eu podia me sentir alongando, mais do que nunca antes. Eu tinha certeza que ela ia rasgar meu ânus, mas ela sabia o que estava fazendo. Levou 15 minutos para ela ficar satisfeita com quanto daquele monstro ela tinha na minha bunda e então ela parou. Dei um suspiro de alívio quando ela parou de empurrá-lo mais fundo. Eu estava de joelhos e podia senti-lo começando a escorregar novamente quando ela o soltou. Isso foi rapidamente interrompido quando Sandra amarrou um cordão em volta dele e depois em uma perna, na outra e no meu pescoço também.

Deitando-me de lado, minhas mãos estavam amarradas à perna da cama e meus tornozelos amarrados juntos.

"Boa noite, brinquedo", disse Sandra.

"Boa noite, senhora." Eu respondi calmamente. Eu realmente não dormi naquela noite. Eu simplesmente não estava confortável o suficiente. Eu cochilava ocasionalmente, mas era só isso. E quando precisava fazer xixi no meio da noite, não fazia nenhuma tentativa de fazer nada além de fazer xixi onde estava deitado.

Quando Sandra acordou, foi direto ao armário e tirou um chicote de couro. Ela me colocou de volta em uma posição canina e então balançou o chicote contra minha bunda.

Zas!. Eu me encolhi, sentindo a picada do couro.

"Acho que depois disso você pode realmente entender minha necessidade de obediência completa", foi a única coisa que ela me disse antes que o chicote batesse em minhas costas e bunda repetidamente. Nenhuma pele foi quebrada, mas doeu e eu sabia que haveria muitas marcas vermelhas se eu pudesse me ver no espelho.

Depois de um tempo , fui deixado de novo e não me mexi. Quando Sandra voltou, ela tinha uma cadeira. Ela colocou na minha frente e então saiu da sala novamente. Desta vez, quando ela voltou, ela tinha duas tigelas de cereal. Ela colocou uma no chão diante de mim e sentou-se na cadeira com a outra.

"Coma", foi tudo o que ela disse. Fiz menção de pegar a tigela com as mãos, mas parei quando ela acrescentou: "Sem as mãos". Baixei meu rosto para a tigela e comi o cereal como um cachorro enquanto ela se sentava diante de mim, nua tomando seu próprio café da manhã. Depois de comer o máximo que pude da tigela, sentei- me sobre os calcanhares, esperando, o enorme vibrador ainda enterrado em minha bunda e saindo entre meus pés. Tive o cuidado de não forçar ainda mais. Sandra terminou seu café da manhã e se levantou, vindo em minha direção.

Ela ficou em cima de mim novamente, sua boceta a um centímetro da minha boca.

"Abra a boca Erika," ela disse calmamente. Eu hesitei. Ela agarrou meu cabelo puxando-o. Parecia que ela iria arrancá-lo do meu couro cabeludo. Eu abri minha boca. Sandra começou a mijar na minha boca. Deixei encher , sem engolir e então minha boca transbordou e seu mijo desceu pelo meu pescoço e sobre meus seios. Ela parecia fazer xixi para sempre e eu me perguntei quanta água ela tinha bebido em preparação para esta manhã. Deve ter sido muito.

Quando ela terminou, ela soltou meu cabelo e eu permiti que o último mijo dela escorresse da minha boca.

"Veja, isso é o que um bom brinquedo faz." Ela se inclinou e me beijou, mergulhando a língua na minha boca encharcada de mijo , depois lambendo meu rosto. Ela desamarrou as cordas que me prendiam e finalmente o enorme brinquedo foi retirado do meu ânus.

"Vá para a cama, Erika." Subi na cama e deitei de costas. Sandra se moveu por cima de mim, seus seios pendurados embaixo dela e se arrastando pela minha carne. Estremeci quando um mamilo roçou meu montículo liso e depois subiu sobre meu estômago. Ela os esmagou contra meus próprios seios minúsculos e depois me beijou, esfregando-se contra minha coxa.

Retribuí o beijo apaixonadamente e deixei minhas mãos se aventurarem em seus lados e depois em suas nádegas , imaginando se havia uma linha que eu não deveria cruzar e qual seria. Mas Sandra não parecia se importar agora. Ela sentou-se sobre mim e, em seguida, deslizou para a frente até que ela estava pressionando sua boceta contra o meu rosto. Eu a comi, usando minha língua para lamber e acariciar seu clitóris, apertando toda a minha boca contra ela e sondando por dentro com minha língua. Sandra estava se esfregando contra mim e não demorou muito até que ela gozou.

Então Sandra começou a descer pelo meu corpo novamente, desta vez beijando, chupando e mordendo com os lábios, língua e dentes enquanto viajava pela minha carne. Quando ela alcançou minha boceta, pensei que fosse explodir instantaneamente. A carícia de sua língua no meu clitóris me fez recuar em reação.

Eu estava com tanto tesão da semana de privação e aleatoriedade que pensei que iria explodir instantaneamente. Mas Sandra obviamente tinha muita prática e sabia o que estava fazendo. Ela me provocou quase ao ponto do orgasmo e depois recuou, mordiscando e beijando a parte interna das minhas coxas, ou usando os dedos para puxar meus mamilos. Aí ela agredia minha boceta de novo até eu quase chegar. Ela empurrou meus joelhos em direção ao meu peito e enfiou sua língua profundamente dentro de mim, então lambeu meu ânus e repetiu sua ação lá.

Finalmente ela me deu alívio, pegando meu clitóris entre os lábios, ela puxou e chupou. Eu gritei quando meu orgasmo rasgou através de mim, minhas pernas estremecendo e convulsionando com o poder dele. Senti-me esguichar líquido quando gozei, pela primeira vez. Sandra lambeu minha boceta, limpando e amando.

Depois que me recuperei, ela me arrastou para o chuveiro onde nos lavamos, tocando e acariciando. Era estranho que essa mulher que era minha amante de repente estivesse tão sensível com seus toques. Foi como se tivesse me quebrado, o jogo acabou.

Mais tarde naquele dia, me despedi de
Sandra e fui embora. Muitas vezes me
pergunto se devo ir visitá-la e quem
poderia encontrar amarrado no chão se
o fizesse.

Um dia eu vou.

FIM